みりゅう

Le milieu

腰原哲朗

思潮社

みりゅう

腰原哲朗詩集

思潮社

みりゅう　目次

カバー絵＝田中清光「わだつみ　幽冥はてなき海路
——オマージュ・エルンスト」二〇〇二年十二月
装幀＝思潮社装幀室

みりゅう

みりゅう

（なにをなさいますか）
沈没艇のマリンスノーに目のない魚がすむという
宇宙船で放尿する猿に星くずが奏でるという
それより鉛をのんだ鳥は溶け注射器が浮くという
すると煙を殺した色の無い炉が遺跡の壁に照り返し

（いまもなさいますか）
灰になるまで夭折の美しきこと
美術館で署名された便器はどこへ行った
なにかを得るには何かを失わねばならず

風とともに去った愛のかけらに似て
（やはり手をつくしますか）
道祖神に結ばれたゴミステーションで泣く巨大ピアノ
重い車輪を掘りおこしナマゴメナマゴミナマタマゴ
水も漏らさぬビニールに自分の名前を捨ててみる
だから箱男眠れ錆びた言葉をときほぐせ

（なにをさがしておいでですか）
美味しいのは朽ちかけの果実腐った肉塊だ
回転椅子の人形に交代の時を待ち
さて天空に投げうつかマグマオーシャン深く埋めるか
殺人犯は杳として知れないという

（捜査にともなう注）

イタイイタイ病ニッケルカドミウム電池プルトニウム原発解体ゴミ霞が関ビルの10倍ビーオーディーも疲れて下水汚泥の捨てどころ車シュレッダーダスト500万台自然発火フロンに替わるトリクロロエチレン廃液検査で逮捕スプレー廃缶は穴あけてから缶からにじむビスフェノール宙に浮くデポジット制ピーシービーウレタンコプラナナノグラム（カタカナはなにやら悪に近く）それで有料粗大ごみ税込みで引きとりしかし町が処理できないもの空棺えごいずむほか　朝だ紙おむつはきれいにしてから出してくれ

判決

（ケイカイウオーヨビ　カケテイマス）
呼びかけられて残雪の位置は動くか
噴煙は灰寄せとなってシコツ湖を葬る
カメラは音を消してモデルを美しく染めあげる
吠えかかる地球の響きをどうして止められるか

誰に呼びかけているのかわからない
チェルノブイリも砂漠の地下も真夏の地雷も
嘆きの壁に気ままなインターネットを塗りこめる
情報の乱れをどうして泊められるか

誰が呼びかけているのかわからない
落下するリンゴは破れた抽象画だ
今夜も熱帯低気圧が胃に巣食う
樹々の乱れをどうして留められるか

呼びかけられて逃げるのは誰だ
被疑者と容疑者が透明な電波を犯し
呪文を信じる裸の神々は青い鳥を追う
死体が復活すると罪をデッサンしているもようです
言葉の乱れをどうしてとめられるか　吹雪だ
（クリカエシケイカイウオヨビカケテイマス）

（判決にかかわる注）
望マシイから旗と歌を指導スルモノトスル命令　監査のタイマンデシタ書類上ノミ

減給　非器ノ甲乙人　喧嘩事不及是非可加成敗
タブーは南の島のコトバ　地雷禁止条約１９９９・３・１発効　自衛隊百万個廃棄
世界には約一億一千万個が埋設され　義足にふれるケシの花
第一条この法律はダイオキシン類が人の生命及び健康に重大な影響を与えるおそれがある物質であることにかんがみ（処理液についてシリカゲルカラムクロマトグラフィを行う）
信濃路の谷間には欲望が生えていた　ワラビ粉は珍味なのに　有害ゴミ輸出禁止
バーゼル条約どこ吹く風　それでも　どんなにじょうずに隠れても小さな尻っぽがみえていた
ニューヨーク街ゴミポリス百人朝を行く　ドイツ発電ゴミ地下八百メートル　ワインがキリストの涙　人工雨が近代の涙　不法だろうと合法だろうとゴミはゴミ
季節の風となり個の権利も主張スルコト　でないと時効をふくめ組織はいつも無罪デアル

有名

白馬山麓からは白鳥も遠く去っていった
そうですすネェ風が動いてくれましたから
舞う瞬間ですか針の穴ほどの遊びをともなって
神経への重圧です歓声の波のなかへひたすらに
着地は老いへの栄光で　でもみなさんのおかげです

フィンランドでは　ほろにがい思いをされたそうで
そうですすネェ氷点下45度で白い海を散歩します
白夜の朝　日本の女が独り国籍をたしかめに行く
ラフマニノフのアンダンテ崩れ去っていくもの

氷ってしまう口唇を消して沈黙のまま

誰もいない廃屋の土間に黄貂の剝製が眠る
そうですネェ写真は露出など計算しますが画家は
独学のフォートデッサンから点描へですか
あの点の翼です　宇宙をめざす仮面のモノクロームです
表現は風をよぶのか　虚空で誰がうけとめる

楽屋裏では　優れた女たちの嫉妬が乱れる
そうですネェ緊張しますす白髪になっても野外でも
曲線がいいサーカスの黄昏れ
スーパー歌舞伎もいいという　変身する花になり
歴史は悲し　けれども――

（有名になるための注）

オリンピックに罪はないといったって（戸田純は『走神への挑戦』でプラハの碑に
ある人見絹枝をしのぶ　シベリヤ鉄道で独り参加した脚跡をしのぶ）羽をかざして
独立したソコール運動は東欧で今　＊ヨーロッパでコンクール荒しの異名をとる日
本の留学生たちは　楽器に航空券をつけて旅にでる（私は貧しい山国で入賞曲を機
械で聴く霧のように）記憶されやすいネーミングでスキャンダルを　＊ビエンナー
レ展でのこる美の破片　犬もくわえず炎となり　ささらほうさら　それでものこる
かヴェネツィアの蝸牛の滑り台（イサムノグチは国境を滑った恋とともに）館長は
ボディペインティングで憂さを晴らす　＊ダンスシューズを玩具のように袋につめ
て　サーカスのジンタ白鳥を追って異化の美学へ　ぶどうの葉陰で踊るウイグル女
性の背は垂直だ　頭上の砂漠の水は一滴も落ちない（女形はカツラにつけたコウガ
イの位置を直している）やがて誰でも　額縁にたった一葉の遺影をはさむ

騒音

雨垂れ天井でうけリズミカルに地図を消し
明り障子は斜めに風を切り
やがて砂利道を病む母のせて荷車がゆく
遠く汽笛がきしむ　と赤児の吐息

梁はモルタルのカーテンだからツバメ去り
水面を走る水クモも石となる
蛙の唄はトラクターで地下にくぐり
蚊の羽音をなつかしみ犬眠る

スリッパを盗む深夜の水洗トイレ
空気裂き稲乾燥機がミイラとなる
農家の縁側で狂う裸のピアノ
近く救急車が逃げる行くあてもなく

言葉をうすめて塗りつぶす洪水だ
竹のことは竹にならえとゼノンのように
時々すべての幻聴に幕をおろし
颪のごとく去る日々を待つ雨垂れに

（騒音についての注）
赤と青の屋根カワラは敷石に無理　塗料が流れるからとトラックに落下する　フロンをふくむ壁を雪は閉じこめ　スズメのつぶやきはめっきり減った　育てる空間がないから　落ち穂ひろいの画はオークションにもでない
平和の鳥はウンカのごとく群れる　山小屋のヘリコプターが田園の空港に　夕刊に中高年が転落と出るだろう　硝子の風鈴が鳴りだすだろう

着流しで無理に下駄をならしてみても　バイクは化粧を濃くするばかり　錆びた耕
作機でカラスは遊び　破れたビニールが黄砂をよぶ　花粉症だと人は言う
とにかく責めるはたやすく　流れる水をとめるのはむつかしく

鍵鉤

ものぐさ太郎の小屋には鍵がない
猫も螢も自然に入れる
足跡なしで勝手に入れる
侵入したって古本の山があるばかり

田舎の茅屋には垣根がない
隣りの廊下に自由に入れる
泥靴で入っても逮捕する思想がない
ピストルには難解な詩があるばかり

廃別荘なのに鍵がある
竹林にカグヤ姫も入れない
ホームレスも入れない幽霊屋敷
人にはどれだけのベッドが要《い》るか

高層ビルには鍵がある
漆黒の闇がないから入れない
停電だから入れない
人にはどれだけの光が要るか

（田園注）
『御伽草子』にちなんで上高地線の田園に碑がある　釈迢空が「ものくさひとの一人もなし」と詠んだ周辺は　一面の林で水路が走っていたと思われる　小川が隣家の境界だった　碑文からは白馬連山が見える　大雪を除けるために垣根のない里に福士幸次郎は迷いこむ　無銭飲食を助けたのは　貧しい詩人たちだ　警察は顔写真を求めたという　オリンピックが終り　草繁る別荘には人影もない　picking（摘み残し盗品）いつでもどうぞ

卵塔

道草して青面《しょうめん》の世界を垣間見る
虹を切ったヤシヨウマをくわえ
甘茶を光る裸体にかけた幼き日は
萬鉄五郎の杜からの原色に似て

庚申堂の道は共同墓地に
戦死者の碑は横たわったまま
林立するのは家々の歴史で
墓道は他者の領域を侵略し細るばかり

共同墓地の古い地図をにぎる祖父の手に
民本主義のシミがにじんでいて
肩寄せあう死者たちは道をひろげ
盆がきて風が吹くたび線香ゆらぎ

道のない独裁者の墓地園では
アメリカシロヒトリと雑草におびえつつ
カインの末裔が墓守をしている
破屋と化した庚申堂から卵塔が消え

（石碑注）
浄土宗日光山清浄院　創立年次不詳　廃仏毀釈により木喰仏　無縫塔なし

冬眠

生きてるわれら冬眠せよ
死者たちよ　よみがえれ
地球すべて眠る季節
眠りながら黙思するとき

眠る間もない人々に席をゆずり
おごれる人は会見を止め
フィルムは白く空転し
野鳥の声に聞きほれるとき

目もくれなかった満開の桜に
すこし美を感じはじめたのは
年齢のせいか堕落のゆえか
花も散って冬眠するから

あらゆる象《かたち》ゆれ動く地球で
褶曲に舞いたつ花粉も眠り
虫たちも人魚も空気となり
森のなかで死者たちはよみがえる

（注）これ以上条令つくってどうする（兆民）

数字

この世から数字を消せば
人のこころはゼロとなり
宝石かぞえることもなく

電話番号は顔のないサギだったり
試験の点もスピード競技のゼロ秒も
霧散して晴ればれと

Q条などと数字で言わず
近隣諸国に戦力放棄呼びかけて

せいぜい指折りかぞえれば
十二月八日に明日が来る

田園の論理

1　風に吹かれて

地震をあおる風が過ぎ
菜の花いちめん揺れて
紋白蝶が一匹　バタフライ効果をよぶ
天空では戦争をよそに虹の彩雲
地上では古風な鍬を水にひたし
ゴム長靴に軍手の男が種をまく
遠く赤い耕作機が砂塵をまきあげ
農家の破れ障子にピアノがのぞき

小さな道をゆったりと老夫婦の杖が行く
北アルプスの残雪は動かず
ビニールハウスで苗が息づく
なんでそんなに急ぐのか

2　花粉の戯れ　*hay fever*

時間に落書きしている間にも
花は散り
古代緑地から不死身の花粉よみがえり
稲穂のプラントオパールで
葉っぱで少年は指を切る
かたむいた扇状地の集落の
西も東も一面の休耕田で
使い捨てのライターとビールの栓が

巨大な焼却炉で混沌となる
モンドリアンの絵をかきまぜながら
クレーンで泳ぐゴミの乱舞は熱を発し
湯船のなかで憂さを晴らせば
のぞきのマスクも花と散る

3　水路を行く

化石になった水車小屋の辺り
たどれば上高地の水源で河童
下って水口を鎮守の森に祀る
化粧柳の浅瀬からイワナを供え
臼をテコに共同で掲げる昇り旗に
村人の民主主義が宿るという祭り
朝六時川そうじに遅れた都人は

水利権もないのにと花畑うらめしく
水争いの歴史はコンクリートでかため
褶曲の小川は直線にして
ホタルとび交う草もなく
とじこもる眠れる美女　ものぐさ太郎
三年寝太郎ニートで戦いにならない
少子化すすんで戦争できない
ええじゃないか伊勢神宮も静かになり
水路を行くのはペットボトルのメモリアル

鎮花祭

野麦街道を削った傍らに鎮守の森
宝鈴ならし百姓一揆の雨は降ったか
飛騨をのぞむ工女の列に赤ん坊の声
今はただ並木に風が舞うばかり

戦争が終って巨木が街道を動いたころ
鎮守の杜では子供相撲に線香花火はじけ
砂利道を村人は奇声をあげて曳いていき
今はもう上高地への車が漂うばかり

深草の社務所で氏子総代はハムレット
瓦葺にするか銅張にすべきか
大仏様《だいぶつよう》でもない工匠による裳層《もこし》は春雨に濡れ
今はもう斜面にイラクの黄砂が降るばかり

宝鈴は誓いの習わし　室町時代長野県の寺院は14神寺20　屋根瓦に積る落葉をはらう費用と高価な銅屋根の寄付集めで　あとの祭

花火

浦安の舞に乙女らは鈴ならし
老人らも神話を想起することもなく
村祭りの原民主主義は森の静けさ
そのとき花火師の号音つんざき
カラスさえも飛びたって愛犬は吠え

湖面に閃光がはしるナイヤガラとか
川面でも爆竹はじけ左義長に焚く
清内路の自家製花火は遠花火で
峠では旅のにぎわいを消し

病弱の赤ちゃんが泣くレダも鳴く
縁側にしゃがむ浴衣の子らは
白樺の火に紙捻をこらす
華となって散る果てに玉の雫
螢火ほどに愛らしいパールの玉にたくす
日本特許の vie そのままの線香花火

花は花でも

頓犬狂獄過労　憤死
七つの空に乱射して
地上の花散らす
双頭鷲の悲しさに
（ライフル銃の危険国家指定）

水縊轢自　爆死
〈遠き日の　石に刻み　砂に影おち　崩れ墜つ　天地のまなか
一輪の花の幻〉原民喜
一茎有情は広島の平山郁夫の炎の赤　原始仏教以前の赤はたまた信

州浅間温泉の丸木位里俊共作のムンクの叫び(1)

変窮横惨　殉死

日本チェルノブイリ連帯基金事務局浅間温泉

〈今のぼくにとって「憲法九条は譲る」べきもの「尋常浅間学校は捨て去る」べきもの〉髙橋卓志(2)

〈見た　強制移住させられた「埋葬の村」と白血病に苦しむ子どもたちと母親の涙を〉松商学園高校放送部顧問　金井貞徳(3)

〈東海村のウラン燃料加工施設で臨界事故が日本人特有の「反復性急性健忘症」のなかに迷い込まれなければよいが〉菅谷昭(4)

葉落還根　草変じて花と化し

地球は地球　花は花なり　自然死

（1）原爆の図　浅間温泉神宮寺蔵
（2）神宮寺住職「尋常浅間学校一〇〇回で閉校」「タウン情報」コラム
（3）『僕たちの見たチェルノブイリ』オフィス・エム
（4）『チェルノブイリ　いのちの記録』晶文社

言はずもがな

千年のほこりが舞い降りる
近代の明りを消して
天窓からの螢雪に
そっと古書を置いてみる

竹炭を塗った大黒柱に背をもたせ
葺板にツバメ来るころ
人生の鍵　壁に吊るしながら
もうすこし続きをと願う

なにも飾らず手斧目に目をやれば
セミの声　津波となっておし寄せ
黒光りする書架は崩れ
現代の逆光　風に吹かれて
いろりの形見はらはらと

椅子と椅子とを組みあわせ
ものぐさ老人　白秋を知る
三角形の筋交となり
鴨居にひもをかけないように

朱白玄青

朱レンガの入口から赤い結晶をとりだす
紫の空気がたちのぼる　その先の
煙突に鳥の巣はないか　見上げると
柿の葉はそよぎ下に朽ちた枝を集めて
赤レンガの奥へ放りこむナナカマドはずして
とりだした炭火にはじくモロコシの薫風だ

白い霜柱をさくさく踏んで剪定する
栗たちは裸で顔をだし蟬穴は落葉で
伐った枝をナタできざむ犯罪は

天空に原罪となって吸いこまれ
われ在り故にわれ思う
小さな思想は束になる

黒枝の束は解かれて土のカマドに移される
もういいかい孫の声　天然の臼のなかで
母は人生をまるめる杵をかわして
モチはなぜ丸いか革命もまるくなり
とりだす赤い結晶は雪のなかで黒となる
焼けボックリに恋の秘儀

青春は残酷な季節であるか
蒸気がたちのぼるカマドの周囲は
陽炎いっぱいの光を浴びて
赤飯供え近隣に配る村の風習は

人はみな　のぞきの心理を欲するか
孫も鳥虫草木も　いっせいに出発の時

生誕百年

結婚適齢期の女神のうちに
孫が命名された（萌香　桃夏　磐岳）それで
老子は遺言を「なぜ老子というか不明であるが、おそらく老司教の
意」白川静『字統』
延命処置不要　黙禱者へ詩集進呈

老舗の暖簾にキズがつく百周年なんかより
原爆何年め　とか殺人犯に時効があるとか
韓非子は失礼を　孫の記念樹のびすぎて
剪定されず倒されて三代めに緑蔭は消え

「誰も迎えに来ないまま／百年はすぐに過ぎる」
田中清光『風景は絶頂をむかえ』

変身適齢期をすぎてなお生きる四季の恵み
生かす工夫絶対に無用　病殺とするも
「素早くカンフル二箇を心臓部に」下島勲『人犬墨』「田端の医者短
冊の句は自嘲　水洟や鼻の先だけ暮れ残る」小穴隆一『二つの絵』
朝に道をきかば夕べに死すとも可なり　とか裏の松山セミがなくス
キニスルガヨカタイ

ほぞをかむまえに

宝石箱の曲玉を抱く
碧色の勾玉に一すじの血が
虹の痕跡きらめき
昆虫の脱皮つややかに
副葬品につらなる閃光だ

春雷のなかアルプスの雷鳥抱く
白モクレンの花の露で
磐岳と青墨で命名する
宝石箱の勾玉の前

赤ん坊よ
地球にむかって吠えるのだ
（臼井吉見はヘソの緒を切って「安曇野」を書いた　永井隆は長崎原爆でヘソは一つと訴えた　兵庫県西脇市は日本のヘソゴマプロジェクトでがんばるという）

冬至

南天屋敷の赤が傾むく
重心ずれて首を振りふり払う雪
ゆさゆさと風流れ三九郎の声ながれ
復活の民話は破れ暦を破り

むかし小川の氷を割りながら
透明な思い出を空に投げる
今は雪崩にヘリコプター舞い
雪上に良寛の線香燃える

季節の遊び知らぬまま
進む選挙の愚かな祭り
むらがる指にとレンズを向ける
ダイヤモンドダスト消えぬ間に

赤いリンゴで窓辺に野の鳥招き
重なる言葉を炭火にひきよせ
もの狂ほしい沈黙のなかで
眠れと誰に言うべき

巨樹

あの防雪林の真中を伐るのは
酸素と小鳥のために惜しいけれど
八方の空にひろがる芽を止めないと
枝切るクレーンを定める場所がない

今のうち手斧で和解するため
垣根をこわし隣家の許しをえて
とハシゴからの地平は別世界だ
風の方位たしかめ足場をかためる

人の住まない屋敷に立つ巨木よ
一族の葬儀を見守ってきた緑風よ
老木は折れ若木はしなやかに
樹液がしたたりおちぬ冬の間に

廃寺の跡のモニに記念の標柱と卵塔が
ブナ林の幹の曲線に樵唱を聴き
照葉樹林のアメシロと松クイムシで
立枯の裸木に身を細める泉はどこだ

連帯保証

漆黒の田園地帯を行く
ひとり鈴ならし麦畑を行く
懐中電灯の先は老人の家
くつがえされた時間をかぞえ
大晦の悲しみがゆく

火の用心盗難用心鈴が鳴る
遠く発光ダイオードの信号ゆれ
斜視になった光が反対にとまる
当て逃げされた猫が大地に沈み

空高く火見櫓に雪が散る

誰も通らない野道を鈴が行く
村の掟にそって夜廻りする老人の足音だ
石油の不足でビニールハウスに花はなく
赤ちゃんの声もない集落の沈黙
老人はカレンダーの雪をはらう

柿落

枝もたわわに実った一本の果樹を垣で囲った光景や雪上の足跡に人間性と美学を求めた『徒然草』は今もいきていた　サクランボ盗人は車だという　子どもが雨樋でリンゴを失敬するのとはちがう多量の盗みだ　そのリンゴ園も町中では住宅が押し寄せて　消毒の苦情もあって廃園となった　あとにはコンビニ店が深夜の光害を放つ
東北の友人も高齢によりナシの木を伐ったから　もう送れないと便りにいう
私の庭でも多量の白い花がしきりに散った　秋人間に到り　青空が赤く染った　村々の富有柿や次郎柿が　初雪のアルプスに映えた

誰も採らない赤い実が位置を定め
虚空に座をしめ一つ一つ雪をのせ
氷る真昼の花火イルミネーションだ
椋鳥にも無視されて朝霧にゆれる
もったいないと老体はつぶやくが
白いアルミニウムの梯子は高く

上高地の山里では通学の子どもたちのため切り倒す　木に登る熊の
身軽なサーカスよ　さて柿葺《こけらぶき》から柿落しの劇場へ　あるいは柿衣《かきそ》の
直垂《ひたたれ》に渋雨ガッパ　今ではゴルフ道具の材料らしい　飢えた時代に
屋敷に植えた柿や栗の木を老体は見上げる　そして干し柿をつくる
包丁は真黒になるが柿の簾《すだれ》は幸をよぶ　菓子は柿子　それなのに地
上に落下する果実を黙殺する　余ったハクサイが機械の下に　余っ
たハタハタも秋田の森に埋められ　これら資本主義のニュースを市
場原理というか自給自足原理というか

正倉院文書にあらわれる柿の印
シルクロード宝物の白瑠璃グラス
黄金の碗に凍った熟柿のシャーベット
二夜酔を静かに解き　さて
妻に誘われスーパーに行くが柿は無し
枯れ忘れた花や遺書を忘れた師走の風

そぞろ歩きで古きをたずねる古道は狭い
嵯峨にあそびて去来が落柿舎に到る　名酒一壺盃を添たり　我貧賤をわすれて清閑に楽む（芭蕉翁『嵯峨日記』）
ところで老体はトイレが近い

ちりぬべき時知りてこそ世の中の花も花なれ人も人なれ（細川ガラシャ）

吾ただ足るを知る

あとがき

milieu という語はフランスの有名な批評家テーヌ H. Taine が　文化の発展を環境・人種・時代の三点を軸に論じたあたりから　日本でもひろまったのであろうか　広く文学に言及した厨川白村は周囲と訳し　作品の背景　アトモスフィアといったニュアンスで論じている

また　野溝七生子『眉輪』（大正十四年・一九二五）では環境にミリュウとルビをふっている

私の表題は今回ひらがなとしたが　むろん大正期にもちいられた意味あいより広い　地球環境を念頭においてのことである　そんなことを思いながら　念のため広辞苑をひろげると　境遇と出ている　佛和辞典では sortir de son ~、自分の境遇を脱する——という意味もこめて詩集名とした

ところで唐突に詩稿を送ったところ　これまた唐突に退院されたばかりなのに小田久郎代表より電話をいただいた　ちょうど薪風呂に火をつけるところだった　詩集を編むたびに　といってもポケットに入るミニ詩集『歴史感覚』（詩の家叢書）や『眩めく詩抄』（土曜美術社出版販売）くらいのものだが　あま

りの拙作に愕然《がくぜん》とし寒々とした風景を心のひだにひろげた　それは今も同じで迷っていたのだが　再度電話をいただいて　上梓への意志に火がついたのだ

そうしている間に松本市の「市民タイムス」に五年間連載した「信州の詩岳」（長野縣の詩人たち）をまとめた私家版作りに続いて「市民タイムス」に新たに「気ままに文学館」の連載をはじめた　その「小林多喜二の坂道」のなかで小樽の多喜二館を記した歳晩　突然初稿が舞い降りた

編集部の嶋﨑治子さんからで　じつにていねいな校正に加えて　意見がそえられている　なかでも　現状では少し頁が少ないので追加原稿をお願いできないかとのご指摘　あわてて冊子から選んで加筆をはじめたものだ

ところが同じころ　長野県国語国文学会の代表ということで　源氏物語千年紀によせて　秋山虔先生に講演をお願いすることになった　この学会も四十周年を迎えるが　以前にも秋山虔先生の講演が盛況で　秋山虔著『源氏物語』岩波新書復刊と同じく　アンコールの依頼となった　光源氏の政治性を照射した話を意欲的に松本大学でされた後　上高地線の電車で帰って行かれた

ご高齢にかかわらず単独で電車でみえた情に刺激され　この長野県国語国文

学会が監修する長野市・一草舎刊の十巻ものの企画にも力をそそぐ冬となった
長野県各地の名随筆を集成するもので第一弾『北信濃物語』が出た
松本大学を定年退任したあとも　教職特講という講座で週に一度だけ出勤する縁で　私の日常はすこしにぎやかだ

それやこれやで不眠のため薬の力をかり　つまらない夢をたくさんみるのだが　朝にはすべて忘れ　山室静さんのように作品化できない　若いころは自作を暗記し　一夜にして詩集は成ったが　今は無理　清時代の袁枚は言う　鶯老いては舌を調するなかれ　むろんカナリヤでもないので　詩でも詞でもない阿呆陀羅経を原稿用紙にエンピツで刻んでみる
抒情拒否詩集のついでに記してみる
その前に　詩と評論でがんばり『多喜二虐殺』を著わした橋爪健が『陣痛期の文芸』（昭和二年）で「ミリウ即ち環境とか雰囲気とかが何故描かれねばならなかったか」の一文に出会ったので記しておく
さらに金子光晴が　晩年ひたすら孫の詩に興じたのにならって「ほぞをかむまえに」などの作を追加した　幼稚園の孫娘は　赤ん坊の弟をしりめに「やきもちやかない　やきもちやかない」とつぶやきながら戸の向うに消えた　そのいじらしい姿が印象的である

浮世とはジェラシーのことで　題する悪魔の辞典も嫉妬の土産にちがいない

悪魔の辞典

製品偽装　卒業式の祝辞ほか多くは先人からの偽装である
賞味期限　自分の舌と嗅覚で確めない依存症
非合理故　べんりなものは不便　電源のない空部屋で
完璧主義　正論は悪論である　反論をゆるさないから
コピー機　肉筆が消え作者不詳の古代へ帰る
清浄無垢　床柱にある人形と造花と偽色紙
ブランド　高利貸ローンどうせ私を騙すなら騙し続けてほしかった
共済教授　言葉の手品　放送協会私は会員か
詐欺師劇　私にはケータイもカードもない
下請負人　本も授業も戦争前線も孫負いまで
失業無職　契約より信頼　法より日常性
組合組織　要求それとも依頼　敵はどっちだ
うつうつ　病名の流行　遠くから you can do it
成人式典　父となり母となる免許資格試験

少子化増　徴兵制回避ええじゃないか
パニック　マルクスの予言を時効にし百年に一度の大不況とごまかし
官僚主義　さりとて平等主義は怠惰に通じベルリンの壁も化石に変じ
饒舌虚言　しゃべりまくって自分を隠し　書きすぎの公害　わかった汝多くを
　　　語るな（おわり）

　乾燥した知による雑布をしぼる感じの未発表作でしめくくった非ソクラテスの弁明である
　古書ばかりに接したので『堀田善衛上海日記』（紅野謙介編）で読書初め日記に興を示す読者は　のぞきの心理でこそばゆいが　どこまでが本音か興味深く「現世は、この形なく重みもなく、とら（へ）がたくして厳然とした生活といふものの恐ろしさのみ今は思ふ」一月九日堀田善衛
　凍てつく深夜　神河内方面へ疾走する車音と妻の枕元でイビキをかいて眠るコーギー犬を横目に記した翌朝　信濃毎日新聞「斜面」に「腰原さんは『長野縣の詩人たち――信州の詩岳』を出版した。信濃で生まれた、あるいは育った詩人ひとりひとりを、愛情こめて描いた本だ」と紹介される　新聞を広げながら校正を終える　一月四日
　窓辺の辛夷のつぼみが春をのぞかせている

初出一覧

みりゅう	『詩と思想　詩人集１９９９』	一九九九年・土曜美術社出版販売
判決	『詩と思想　詩人集２０００』	二〇〇〇年・右に同じ
有名	『詩と思想　詩人集２００１』	二〇〇一年・右に同じ
騒音	『詩と思想　詩人集２００２』	二〇〇二年・右に同じ
鍵鉤	『詩と思想　詩人集２００３』	二〇〇三年・右に同じ
卵塔	『詩と思想　詩人集２００４』	二〇〇四年・右に同じ
冬眠	『詩と思想　詩人集２００６』	二〇〇六年・右に同じ
数字	『日本現代詩選第33集』	二〇〇七年・日本詩人クラブ
田園の論理	「ガニメデ別冊　現代詩」	二〇〇五年・銅林社
鎮花祭	「詩と思想」	二〇〇四年十月号
花火	「詩と思想」	二〇〇七年十二月号
花は花でも	『原爆詩一八一人集』	二〇〇七年・コールサック社
言はずもがな	「ふかし」六〇号（四〇周年記念）	二〇〇六年・松本深志高校
朱白玄青	未発表	二〇〇七年作
生誕百年	『資料・現代の詩２０１０』	二〇一〇年・日本現代詩人会

ほぞをかむまえに	『日本現代詩選第34集』	二〇〇九年・日本詩人クラブ
冬至	未発表	二〇〇八年作
巨樹	右に同じ	右に同じ
連帯保証	右に同じ	右に同じ
柿落	右に同じ	右に同じ

みりゅう

著者
腰原哲朗《こしはらてつろう》
発行者
小田久郎
発行所
株式会社 思潮社
〒一六二―〇八四二 東京都新宿区市谷砂土原町三―十五
電話 〇三（三二六七）八一五三（営業）・八一四一（編集）
ＦＡＸ 〇三（三二六七）八一四二
印刷所
株式会社 Sun Fuerza
製本所
誠製本株式会社
発行日
二〇〇九年五月十三日